시는 휴일도 없이

이용임

서시

아름답고 상냥한

누군가 이국어로 쓴 시를
현관 앞에 두고 간다

읽을 수 없는 시는 아름답다
어느 계절의 여행처럼

시는 휴일도 없이 온다
아무렇지도 않게 부드럽다

누군가 이국어로 쓴 시를
현관 앞에 두고 간다 매일,
매일 매일

문 너머 풍경은 여전히 일상인데

시는 읽을 수 없다
아무것도 말하지 않는다

눈과 입을 꿰맨
향기로운 시체를 안고
천 년을 살았다는 어느 왕처럼

나는 아침마다 시를 받고
계단을 내려가
마른 꽃나무 사이로 걸어간다

시인의 말을 대신하여
2020년 3월
이용임

시는 휴일도 없이

차례

1부 여자 혹은 자궁이 꾸는 꿈의 기록

4부 창 아래 별이 지나가는 새벽

해설

1부

여자 혹은 자궁이 꾸는 꿈의 기록

언젠가, 어디선가, 누군가

투명한 독이 대기에 흐른다

유리와 숲

까마귀와 뿌리

달과 핏줄

이름이 없다

사람들은 젖은 꽃처럼 모여 흩어진다

시계의 집

순결한 네 이마에서
불온한 자궁의 무늬를 읽는 건
우연이 아니야

녹슨 시계덩어리 심장 그게 바로 너야

말랑한 숨결이 비린 건
아직 밤이 깊지 않아서
갓 태어난 지문이 희미한 건
아직 이야기가 깨어나지 않아서

내가 밤마다 네게 불러 준
노래를 기억해
몸에서 몸으로 물려 준
감각을 기억해

기억해 여자여 어린 여자여
희디흰 살결에 붉은 입술을 지녔지만

언제나 독에 취해 잠을 자는 여자여

내 몸에 더운 무덤을 만들고
파도에 젖은 분침 소리로
내게 인사한 여자여

네 심장 소리를 듣고서야
알았네 왜 기억은 관절마다
둥지를 트는지 왜 나는
시효가 만료된 순간들이
검은 낯짝을 치켜들고
웅성거리는 집단거주지인지

피투성이 시계덩어리 심장 그게 바로 나야

기억해 우리에게
밤은
까마귀 날개가 창궐한 묘지란 걸

몰려오는 시간을 염하고 묻는
장의사이자
숙성된 뼈에 밀어를 새기는
도굴꾼이란 걸

여자의 시간은 멈추지 않아
여자의 시간은 흐르지 않아

기억해
저녁 종소리를 마시고
잉태한 나의 여자여

물의 공방

새벽에 깃털을 주웠지 어느 새의 시체에서
간지러운 체온이 손바닥으로 옮아왔지
따뜻한 절망은 너를 닮았지

새벽에 꽃잎을 주웠지 어느 정원의 나무 아래
깨지지 않는 물이 손바닥으로 굴렀지
투명한 육체는 너를 닮았지

나의 그늘이 울창해지면

이슬로 빚은 새도 날아가기를

스미듯 번지듯

물 위에 남긴 얼굴
얼굴이 내려놓은 표정
푸른 열꽃 피어난
표정을 화환처럼 둘러싼
희미한 악수 습지의 나무들
한 하늘이 한 하늘로
맑은 소리로 여닫히는 창
폭풍이 데려가는 이야기들 속
고택의 뿌리마다 방
죽은 새들이 남긴 발톱을 묻고
소리 없이 흘러들어 노래하는 입술
한 색이 한 색으로
한 꽃이 한 꽃으로
누가 한 움큼 떠올려 적시고
물 위에 남긴 얼굴

서정적 심장

물로 만든 심장을 갖고 있어요 나 당신
심장이 뛰는 게 아니라
달에 이끌리는 거예요

발가락 비대증을 앓고 있어요 나 당신
거침없이 늘어나는 심장이 있으니
당연한 일인가요
만조 만월 부풀어 오르지만 터지지 않는 것
발톱이 빠질 때까지 걸어야 해요
길은 길로 이어지고 지도는 백지인데
당신은 어디 있나요
출렁이고 있어요 나 당신

어제는 볕이 좋길래
심장을 쏟았어요
볕이 닿는 곳마다
하얗게 곰팡이가 피었어요
피다, 는 산책하는 길이에요

실종이 다반사예요

눈부시니 보기 좋았어요

고양이 척추처럼 둥그런

반월의 심장을 가졌으면 얼마나 좋을까요

하지만 무딘 날이라도 훔치지 않는 심장은

없대요 심장은 상처니까요 뼈만 남은 날개 아래

심장이 있어요 사라지지 않는

물로 만든 심장이에요 나 당신

유리의 집*

　이 집에는 빛이 산다 빛은 거대한 유리의 벽으로
들어와 계단과 계단 사이 가구와 가구 사이에 뿌리
를 내린다 거기서 빛은 끝없이 증식하고 부드럽게 범
람한다 소리도 내지 않고 마루골을 따라 흘러나와
가구와 가구의 그림자와 이 집에 서식하는 식물과
동물을 파먹고 어제의 발자국과 그제의 목소리를
삼킨다 밤이면 이 집은 야행성인 거리의 빛들에 점
령당한다 죽지 않는 이 빛들은 무덤의 냄새를 풍기
며 집 안 곳곳에 엎드려 낮게 으르렁거린다 쉽사리
돌아다니는 발목은 모두 사냥감이다 빛은 사방에
포진해 있다 모든 것은 사방에 갇혀 있다

---

* Maison de Verre, 1927년 프랑스 건축가 피에르 샤로에 의해
지어진 리노베이션 건물로 4층 아파트를 상부 2개 층을 남겨둔
채 아래 2개 층을 H형강으로 지탱하고 외벽을 유리블록으로 채
워넣었다. 기계미학을 최대한 피력한 시범주택이라 평해지고 있
으며 당시의 신문들이 '기묘한 건축', '몽상적'이라고 평하고 뉴욕
헤럴드 트리뷴지에서 '기원 2000년의 집'이라고 표현했다.

천국이라는 이정표

우울과 환각의 시간은 갔어 하얗게 정제된 핏속
에 녹아버렸지 여자는 콩나물 대가리를 딴다 똑, 똑,
똑 눈이 깊구나 눈보라가 치고 있다 똑, 똑, 똑 알약
몇 알에 주름이 깊어졌어 여자는 노래처럼 정물처럼
노래하는 정물처럼 앉아서 똑, 똑, 똑 어디서 물이 새
나 보다 피가 한쪽으로 쏠리면 가볍지 희어지지 아
름다워지지 똑, 똑, 똑 대가리를 잃은 희고 날씬한 몸
이 수북하다 병아리 심장은 어디다 버리고? 똑, 똑,
똑 우울과 환각의 시간이 왔어 눈이 깊구나 여자의
손톱은 짧고 노랗다 목을 늘어뜨리고 여자는 어둡
다 똑, 똑, 똑 노래한다 여자 천국이라는 이정표

남이

— 유리로 만든 책장에 꽂혀 있던 낡은 책에서 오래된 연애편지를 발견했지. 그건 마당 귀퉁이 수국이 피는 계절에 적힌 시.

어루만질 수 없는 이름에 대해 생각한다
가령,
여기보다 멀리 지금보다 오래전

태평양 한가운데 뚝 떨어져
열심히 양팔을 휘젓는 수영의 절망을 상상하다가

문득 귓바퀴를 만진다 이 골목을 다 돌면
직선의 어둠을 지나가면

무덤처럼 생생한 이름을 들을 수 있을까
두 송이 커다란 해바라기 속
사이좋게 나누어진 좌심실 우심방 같은

분명 거기 있는데 눈을 감으면
근사하게 울려 퍼지는 두근거림인데

들을 수 없는 이름 감촉할 수 없는 이름
똑같이 달아나는 계절의 이름
형용할 수 없는 얼굴에 대하여

떠올린다 마당 귀퉁이 수취인 불명
너무 일찍 떨어진 목련의 흰 품을 열어 읽는

사랑하는 남이 사랑하는 남이 아무리 아무리 사
랑하는
남이

비1

여름 숲 소리

포탄의 참호 속
폭탄의 참혹 속

흘러내리는 소리 캄캄한
빛이

멀어지다가 멀어버리는 귀
속으로

여름, 숨, 소리

사라지는 손목 발목의
소리

오래 전쟁이란다
마른 뼈 하나 감추지 않은

몸은 없듯이

범람하는 구름
발화하는 거울
범람하는 그늘
발화하는 거품

지나간다 허술한 관절로
어두워지고,
무거워지렴

여름 그리고

비2

잠에서 일어나 머리맡에 흘린 엄지발톱을 보았네
숲을 달려간 밤을 그림자가 긴 잠을 이가 시린 달을
우물에 버려진 아기의 이야기를

아가 아가야
울어도 거품이 되는 아가야
흐르며 멀어지는 아가야
멀어지면서 흩어지는 아가야

귀만 남았니? 세계가 으르렁거릴 때 아랫배를 누
르는 여자가 있다 소용돌이 속에서 안전한 건 자궁
의 기억 폭우 속에서 찾아낸

희고 긴 손가락 불어버린 심장

왜 듣고 싶은 이야기들은 모두 물속에 있는 건지
궁금해

힘껏 눌러 가라앉혀도 심장은 왜 뜨거운지 궁금
해 우물 속에서 두근두근
　불타오르는 심장 젖은 강보로 귀를 막아도

　두근두근 알아들을 수 없는 소리로 우는 아가 아
가들 우물무덤 속 풍문은 울창한데 손바닥 위에서
먼지처럼 스러지는 소리들 너를 던져 넣은 손은 누
구? 네 입을 막은 손바닥은 누구? 네 눈을 가린 뜨거
운 눈은 누구, 누구?

　길을 잃고 선 아가 아가들 귀신들은 왜 모두 여기
와서 우는지

　궁금해 우물 속으로 비가 몰아치는데 아기들은
바닥으로 점점 더 가라앉는데 속눈썹 하나 흘리지
않고 떠나버린 누구를 찾아달라고 젖은 손발로 뻐끔
뻐끔 배냇짓을 하는

살인극의 전말이 궁금해 죽지 못하고 계속 뛰는
심장이 궁금해 아가 아가야 흐르는 몸으로 기어오는
아가야 애처로운 악몽아 잠에서 일어나 흥건히 젖은
침대에서 일어나 일어나고 싶어서

언제든, 무덤

마른 땅에
칼을 꽂았다
물이 고이라 명하자
피가 솟았다
해가 비치라 말하자
바람이 불었다
심지만 남은
꽃을 물었다
발목만 남은
춤을 추었다

죽은 자의 천 년 유골을 파내
삭은 관절마다 기름을 붓고
초를 밝혀 제를 올리는 예를 지켰다는
고대의 엄숙한 부락이 있었다, 한다, 만

색 그윽한 꽃그늘 그림자 파묻은 나무들 숲
소리 노래 우우 기도 생 너머 생을 본다는

까마귀 눈을 얼려 목에 걸고
손가락 마디로 점을 치는 밤

노파가 말하니
사위어지고
노파가 말하니
사무치고
노파가 말하니
그도 아니고
노파가 말하니
생각이 추운 것이다, 그대여, 생 너머 생
생과 생 사이 깜빡할 틈이 깊은 게 아니라

겨울 홑겹 문 안에 잘라 두고 온
머리카락이 추운 것이다

추운 겨울 낮빛으로 서 있는,
오래전 생에 몸에 두른 금빛들이 쏟아지는 시간

에 선

　그대여, 이생의 어디라도 무덤이라

　옷깃을 여미고 모른 척한다

봄

빗장뼈를 열어 보았으나
이야기는 발굴되지 않았다 먼지만 가득했을 뿐

젖지 않는 장마에 귀를 잃고
스민 빗소리에 이명을 앓는
노파의 굳은 발가락처럼 장기가 조롱,
조롱

몸의 거죽은 메마르고
오직 탐스러운 머리 타래를 쓸어 올리는
날들이 이어졌다, 고 한다, 고 들은 듯하였으나

낮에는 탈색된 그림자를 끌고
밤에는 빛나는 발톱으로 걸으며
관 속의 얼굴을 머리 위로 올려 절하고
죽은 입술만 문질러 거칠었다던

투명한 심장을 들어올렸으나

이야기는 없었다 일렁이는 무늬만 가득했을 뿐
흰 그림자에 몸을 먹힌 귀신이
너울을 쓰고 기슭에 앉아 분내 나는 시간을 건너
가는 날

노랑, 노랑, 노랑나비

휴식시간

꽃병은 마르고
반투명한 대궁

커피를 마시는
여자의 머리 위로

구름이 흘러가는

아홉 시부터 열한 시

그릇은 희고
수저는 어둡고

입술을 새처럼 내민 여자의
발이 길어지는

아홉 시부터 열한 시

소란은 사라지지 않아
생활은 늘
등 뒤에서 웅성거리지

밥물이 하얗게 끓어 넘치는 골목 안 하늘

불 꺼진 격자 유리문 동그란 의자 위

아홉 시부터 열한 시는 휴식시간입니다
이제 이명이 시작됩니다

아홉 시부터 열한 시
의 풍경,

여자

사월

꽃들이 내 심장을 낚아채 달아나고 있어
길게 소리 지르며 그녀가 웃을 때

허공을 나는 것들엔 발이 없고
지상의 길엔 온통
신발을 잃어버려 차디찬 발자국들만
빛난다 맞잡은
손을 놓치고
놓치며 다른 계절로 달음질쳐 들어갈 때 꽃들이

사천

익사가 화장보다 자주 등장하는 이유는 느리고 투명하기 때문이지 우리가 모두 침대 애호가이며 불면증 환자이기 때문이지

뼈가 앙상한 병이 물었다

작고 따뜻한 수요일과 좁고 긴 금요일, 어느 쪽을 네 관으로 삼으련?

귀신은 오랜 미병未病 눈꺼풀을 자르고 꿈이 되어 발등에 앉는다 네가 보는 나비는 겨울이 낳은 령이야 귀신도 봄이 오면 녹는단다 녹아버린단다

뼈드렁니로 울지 말고 물에 동전이나 던져주련?

죽어선 어디든 물을 건너간다는데 죽어서도 물에 빠져 죽을 수 있을까 죽어서 죽으면 나비로 돌아오는 일도 없을까

어느 봄엔 귀신을 보는 병을 앓고 떨어진 꽃잎을 주워 눈을 문질렀다 낮도 밤도 향긋하다 귀가 어두워 발톱으로 걸었다

눈꺼풀을 자르고 창은 밤새도록

죽어 건너는 물 위로 그림자도 흘리지 마오 여자의 자궁에 새로 물이 차는 이유를 묻지 마오

나비분으로 버짐 피는 여자의 끝나지 않는 봄을 부디 기억하지 마오

눈

골목을 돌 때마다 마주치는
꿈 같은 짐승들

기차가 지나가는 하루의 무른 뼈 위에

청색의 그림자 몇
먼 곳으로부터 걸어와
열없이 길을 내며 사라진다

이곳은
비가 그치면
옷을 짤 겨를도 없이 말라버리는 땅

우산 없이도 폭우를 건널 수 있는 시간

여러 색깔로 기운 그늘을 쓰고
깜박이며 얼룩지노니

내가 바라보는 풍경마다
가시처럼 검다

허공의 시계공
바위 틈의 난장이
벽돌의 무지개

2부

연금술 혹은
사랑이라는 악마의 해부도

피아노

발굴되지 않은 밤의 늑골

도굴꾼의 금빛 손가락이 기르는
그늘 사역된 꽃

포옹

금이 간 유리를 불어 피운 꽃

푸른 이끼에 묻은 표정

얇은 실을 엮어 거푸집

맨발을 삼킨 동굴

바다 위의 바다

한 색이 다른 색으로 긴 팔을 뻗어

축일祝日 다섯 살이 쥔 풍선

한 뼘 떠오른 정오의 그림자

계절의 꽃받침

숲 언저리

단추가 풀린

맨발

빛나는 것들은
모두 땅속에 있지

세상에서 가장 완벽한 애인은
죽은 애인이라고

춤추는 일들은
모두 지문이 없지

속이 빈 새들이 날아가는
창문은 소경과 귀머거리의 시간

순결한 걸음으로
가요 정오는
살인의 시간
자정은 사랑의 시간

독이 든 우유를 들고

계단을 올라요

총상과 복상사는
구멍 난 심장이 닮았다고

청혼하는 장미처럼
산산조각 붉다고

당신의 속눈썹을 쓸어내려요
깊이 잠들어요 노래를 불러요

정오는 은닉의 시간
자정은 발각의 시간

장갑을 끼고
총알을 닦고

찬장을 열고

독약을 타고

산책은 언제나
우발적 엇갈림

세상에서 가장 자유로운 걸음으로
가요

당신을 만나요

당신이라는 의외

자다 깨니 심장이 간지러워서
뒤적여보니 다족류 벌레가 있더라

발이 많아 간지러웠나
기생의 병을 이기지 못하고
신발이 되거나 주걱이 되었다는 이웃의 이야기는
구닥다리 신문에서 읽었는데

신발도 없이 언 발로 서걱이느라
벌레의 큰 눈에서 눈물이 떨어지더라

차마 죽일 수가 없어 유리그릇에 넣고
매일 피 한 방울을 먹이며 키웠다
피가 진득한 밤이면
유난히 입맛을 다시는 벌레가 귀여워서
한두 방울 더 주기도 했다

벌레는 자라고 나는 마르는

어느 부모 자식 같은 신파가 한 계절,
자다 깨니 심장이 간지러워서
뒤적여보니 삭은 피가 우수수 쏟아지더라

벌레를 품고 자다
다족류 벌레가 된 이웃은
짝이 맞지 않는 신발 때문에 고민이 많다던데

벌레의 골격으로 이루어진 심장을 더듬어도
이제는 너무 커다란 벌레를 집어넣을 수 없다

나는 네 이름의 텅 빈 문이 되었구나
밤새 꿈에 담아 데워놓은 신을 신고
너는 부지런히 멀리 사라지렴

굳은 피 귀퉁이를 잘라 먹으며
벌레의 작은 발을 쓰다듬는다
눈보라 속의 발

내가 닿는 혈관마다 겨울이 될 거야
너는 내가 그린 지도가 될 거야
병은 정처 없어
발만 묻힌 무덤에 공양하였다

벌레는 자라고
스멀거리는 감각만 오래 남아
기면증을 앓았다

자다 깨니 심장이 간지러워서

달콤쌉싸름한 심장

노래가 가라앉고 심장
단잠이 지나가고 심장

어느 여름엔 마루에 앉아
풋내 나는 심장을 먹었지

머리 위로 빛나고 무거운 것이
빠르게 지나갔어
긴 발자국을 흘리며

감정을 유리그릇에 담아
이리저리 흔들어 보자
오래 두면 푸르게 녹이 끼는

내 오래된 심장

독에 넣어
겨우내 땅에 묻고

동백나무 아래 숨기고
벚나무에 매달고
실종신고도 하지 않고
소문도 구설도 없이

곰삭혀 보자
내 고요한 심장

한 철도 제대로 죽어 보지 못한
심장은 떫지
너무 오래 뜨겁고 질겼던
심장은 비리지

눈보라 서너 번
꽃 지는 봉분 몇 개
타박거리고 넘은
심장이 적당해 달콤쌉싸름한

나의 심장

기억일랑 끈끈하게 쏟아버리고

맨발을 흔들며
심장을 먹자
환한 여름 오후에는

노래는 가라앉지 영원히
단잠은 옛일이지 꿈도 없이

흉곽은 빈집

안녕

연리지

달아나는
손이 손을 잡았다
팔이 팔을 얽고
뺨이 뺨을 눌렀다
발로 발을 누르고

가슴 사이에서
하늘이 늙어갔다
불을 끈 별들이 늘어가는 동안

새들이 날아와
깃털 수북한 빈집만 남겼다
맞댄 머리 위

다른 나라의 물을 길어와
도드라진 옹이마다

당신, 이라는 말

에
발을 담그면

일렁입니다 물들고
휘어집니다 발톱부터
사라지지요 구름의
커다란 입 속으로

기둥 없는 집에 깃든 잠
무너진 뼈에 스민 병
국경을 잊은 나라들이

매듭 없는 숲의 세계를 이룹니다
당신, 이라는 거대한 말
속으로 머리를 푼
여자들이 달려갑니다
바람이
옛 문자로 기록된 비명을 가득

채웁니다 당신, 이라는 말

로 입을 적시면
입술을 돌로 짓이겨 노래를 잊었다는
먼 이야기 속의 군락처럼

메아리가 문신을 새겼다는
돌 속의 밤처럼

먼 하늘에 펼쳐놓은
나비의 혈관처럼

아득하지요 당신,
어둑하지요 당신,
가득하지요 당신,
이라는 말 당신, 이라는 말

에 귀 기울이면

자운영

나비가 날아간다 저승 하늘

피 묻은 발바닥으로

자박, 자박

어떤 고독한 목구멍에서 흘러나온

울음소리가 굳어서

곯은 내를 풍기는 저녁

까르르 날아가는 나비 떼가

꽃은 귀신이 꾸는 꿈이라고

마음을 엎지른다 바람에

번짐, 번짐

노래의 뼈

널 떠오르게 하는 건 한낱 줄기가 가는
노래

위장이 비장이 심장이 핏줄이 무거워 피가
무거워 너는 가라앉고

널 떠오르게 하는 건 마디가 부러진
노래의 손가락

물이 어루만져 모든 윤곽이
사라지고 흩어져도

네 이마에 빛을 돌려주는 건 구멍이 많은
노래의 뼈

꽃과 잎으로 너를 들어올리고
바람으로 몸을 얻는
노래라는 뼈

청신한 병의 입술을 움직여
유랑하는 뼈

너는 오월이 되고 아침이 되고 빛이 찬란한 그늘
이 되고 감각이 되고 묽어지는 감정이 되고 눈물이
되고
부레로 울리는 종이 되고
그을음이 되고
너는 노래가 되고

그날들이 너를 가라앉혔지
널 떠오르게 하는 건 손톱이 푸른
노래의 뼈 손톱만으로도 가벼운
노래의

등의 감정

날개뼈는 왜 등에 붙어 멀미를 하는 걸까
네 앞에서
감정은 늘 역방향으로 흐르는 걸까

모서리가 닳은 마음을 꺼내
물에 헹궈 널어보자

죽은 사람들이 걸어두고 간 그림자 나무 아래
꽃으로 봉한 방을 열자

혀의 뿌리는 깊어서
새벽의 무덤은 아가리를 벌리고 멈춘 짐승
목에 걸린 길 위에 널브러진 덩치

언어는 왜 불규칙하게 움직이는 걸까
바람이 불면
사람들은 왜 창문을 닫을까

어느 날은
골목에 서 있기만 해도
녹초가 된다

앉은 채 죽은 사람의 등을
오래 떠올린 적이 있다
무너지지 않는 표정을 상상했다

발뒤꿈치를 베어 먹고
두근거리는 심장을 품고

돌아온다, 고 속삭인다
너의 얼굴을 보여줘
어루만지면 녹아내릴
봄이 되어줘

마르고 흰 뼈를 퍼덕이며
어느 하늘로 간다

3부

기억 그리고 나비의 푸른 혈관

척후

세계를 바라보느라
눈을 잃었다

나비의 군락에서

봄

겨울, 나의 뱀이 벗어두고 간
은빛 무늬

난잡한 그늘에 들어
꿈을 탐한다
고요한 무릎의 파문에
양 귀를 묻고

친근한 사물들

서랍, 꿈, 달
　　─이건 연하고 촉촉했던 날들의 이야기

방문과 바다, 꽃잎의 그늘, 엄지에 묻은 잉크
　　─얼굴을 노랗게 피워놓고 그림자에 서 있었지

숯, 종기, 불꽃으로 터지는 눈
　　─심장충으로 병을 얻었다는 소식은 들었네
죽지 않는 벌레에 몸을 내준 것을 축하하네 곧 영혼도
무통의 거인병을 앓게 될걸세

거목, 우물, 백태
　　─늙은 나무에 혀가 생긴다는 이야기는 익숙
하지? 세계가 건선을 앓고 있어 곧 여기저기 버짐 피
고 긁느라 바람도 손톱이 빠지겠지 각질이 휘날리는
오후 속으로 희희낙락 사람들이 걸어갈 거야

가방, 무기명의 입국 서류, 밑창이 빠진 신발

―봄에서 봄으로 망명하고 싶은 날은 오래
올 봄에서 오지 않은 봄으로 달아나고 싶은 밤도 오
래 독이 가득 찬 간에 피가 출렁이네 봄도 멀지 않았
어 부고장을 쓰고 봄의 묘비명을 적는다 죄 없는 봄
에 죄를 짓고 꽃도 귀신이 되었노라

고유명사

내가 보낸 한 철은 발음이 고와서
비도 속눈썹으로 걸어온다

서리 내린 무덤에서 도굴한 뼈가
둥글어 고요하다 너는

내가 보낸 한 철은 혀가 순해서
아무런 담장 아래 앉아

어스름 모든 빛으로 눈이 멀고
누가 버린 비밀로 귀가 닫히고
좁고 긴 구멍에서 바람만 불지

피자마자 시드는 꽃나무 아래
죽은 머리들이 일제히 지껄이는
밤, 내가 보낸 한 철은

수취인 불명의 생몰연대

손바닥으로 문지르고
오래 손금을 읽는 시간이지

곡우를 지나 상강 우수를 지나 청명
시간에 이름이 있다는 것을
네 이마에 얹힌 꽃잎을 들어올리며

알았네 애수를 지나 우울 적막한 허기
엎드려 너의 얼굴을
바라보았네
내가 보낸 한 철은

함부로 지우느라
헐거울 새도 없던 기억
들어본 적도 없는 언어로 띄엄띄엄
입을 벌리는 날들

두꺼운 사전을 머리에 얹고

내가 보낸 한 철은
너를 골몰하느라
희다 차다

해파리

뼈는 녹고 살만 남은 유령들이
떠오르고 있다 말

들이 사라지고

꽃,
접시 위에 올려놓은 이미지
저물어본 적 있니 계절

이 사라지고

눈보라,
여름이 흘린 아이스크림 자국
길을 잃어본 적 있니 방

들이 사라지고

지도,

베개가 흘린 눈물
가방을 꾸려본 적 있니 신발

홀로 걸어나가고

손가락,
해리성 기억상실증
당신이란 거짓말을 증명한 적 있니 밤

은 지나가고

속눈썹,
과잉기억증후군
침대 아래 상자를 감춰둔 적 있니

문턱에 쌓인 먼지를 어지럽힌 적 있니
난수로 쓴 일기를 불태운 적 있니
바람에 머리카락을 묻은 적 있니

영원히 지워지는 발자국을 만든 적 있니 너

창이 꾸는 꿈
깨지 않는다 네

가 사라지고

령

죽은 여자 효정은
수다스럽다 계곡에 새로 묻힌
처녀의 골반이 오목하여
물빛 꽃 군락이 자그럽다, 하다

훌쩍 치마를 걷고 창틀에 앉아
갸웃거린다 효정은 발목이 부러져
비 궂은 날 창을 두드렸던 것인데,

그날부터 령에 묻힌 자들의 소식을
전해 온다 절 닮아 실족한 청년의
가슴 위로 삭은 잎사귀를 덮어 주었노라,
하다 눈이 붉어져

사람 먹고 핀 꽃이 얼마나 실한지
모르지 나비들이 왜 이명을 앓는지
모르지 큰 나무에 둥지를 튼
새들은 눈멀어 캄캄한 밤에만 나는 것을,

노래를 부르다 돌아간다 효정은
마당에 고인 구름 그늘에 웅크려 앉아
제가 꺾은 꽃을 던져 점을 치며
목련에 업혔다가 무겁다고 던져버린
꼬마는 이름도 쓸 줄 몰라
찾는 사람이나 있을까……

"얘, 너는 늘 뜨거운 것을 훌훌— 차는 맛있니?"

한기가 돌아 밤이 길다고 답하면 효정은
길게 웃는다 얘, 너는 늘 서늘한 표정으로—
이야기는 재미있니,

죽은 여자 효정은
갸름하고 작다 눈꼬리가 휘어져
나무의 녹빛을 끌고 다닌다
매일 찾아와 새로 죽은 이의

이야기를 한다
절름거리다 잃어버린 소문은
끊이지도 않고,

숲은 무럭무럭 자란다 얘, 너희 사는 세상이
지붕인지 무덤인지 어이 아니? 효정은
내가 화장하는 걸 좋아한다 아무것도
쓰지 못하는 새벽에 찾아와
근심한다 이리 잊음이 헐해서야
살아도 산 것이 아니로구나,

자취 없이 돌아간다 효정은
봄에 죽었다 령 아래로
추락했다 오래 산 나무가
늑골 사이로 뿌리내렸다
아는 이가 없어서 이름 지었다 효정
산책하다 겨우 주운 뼈
효정은 희고

효정 위로 덧씌울 이야기는 없다

작약

우울이 자궁의 일이라면
난 푸른 피, 흐르지 않는 혈관에
갇혀 있는 거지

심장을 머리에 이고
강을 건너가네

슬픔이 비장脾臟의 일이라면
난 굳은 향, 불지 않는 바람에
살고 있는 거지

돌 아래 속눈썹을 묻고
물 위에 색이 번졌다는

여자가 건너가네 하늘하늘
얇은 계절이 따라가네

몸을 열어 황폐가 되고

노래를 불러 고혹이 되니

이야기가 밤의 일이라면
꽃이 염치의 일이라면
나비를 부르지 않는
그늘이 나의 일이라면

오수

내 안의 황폐 위 한 줄의 파랑으로 눕는다 그건
수채화 같은 기분

태어나기 이틀 전의 프랑켄슈타인 같아
관에서 발굴한 심장으로 두근거리며
돌아오는 일 속눈썹은 무겁고
피들은 어금니를 물고 으르렁거리지

사람들은 알까 몰라 살면서도 몇 번씩
죽음을 건너는 걸
경계 없이 몸을 잃는 자발성
사람들은 알까 몰라 이토록 본격적인
자살을
무관의 임사 체험을

잠시 죽으러 갑니다 인사도 없이 깜빡,
어머 나 잠시 졸았나 봐 잠시 죽었나 봐 잠시
다른 생을 기웃거리고 왔나 봐

죽음의 자궁에 깃들었다
하얗게 표백되어 세상으로 다시 쫓겨나는 일
거듭, 출산
속눈썹은 무겁고
최초처럼 우울한 모습으로
죽음을 들락거리면서 늙어가는 일 그걸
우리는 잔다, 라고 하는가 봐
산다, 라고 하는가 봐

당신을 위한 기도

상냥함을 원한다면 한 줌의 설탕과 설탕에 절인 갓
난아기의 심장을 바치렴
　흰 흙으로 빚은 달항아리에 담아 죽은 숲 언저리에
묻고
　바람이 불 때마다 귀를 기울이는 거야
　난분분 난분분 가지마다 꽃을 틔우는 계절을

비애를 원한다면 눈물을, 그것도 스물이 되지 않은
처녀의 마지막 눈물이 필요해
　종지에 담아 하룻밤 베갯머리에 놓아두렴
　아침에 일어나 눈물이 마르지 않았다면
　아무도 모르게 우물에 붓는 거야
　우물물을 마신 마을 사람들의 목이 점점 길어지고
　창틀에 놓인 속눈썹이 날리는 시간으로

매혹을 원한다면 그 해 처음 떨어진 장미꽃잎을 구
해 봐
　혈관이 다 비칠 때까지 육체를 말려

뼈와 향만 남았을 때
오래 입을 맞추는 거야
말라붙은 피를 품고 태어난 아이의 입술 색이 떠
오를 때까지

고요를 원한다면 오후 두 시의 햇빛을 가둔 사금
파리로 손목을 그어
너무 깊지 않게 그렇다고 너무 얕아서 시시하지도
않을
상처에서 피가 흐르는 것이 멎을 때까지 바라보렴
핏방울을 밀어올리는 혈관이 움직임을 다할 때쯤
해가 진다면 더할 나위 없을 거야

오래 잠을 못 잔 여자의 발등이나
사산된 아이를 품고 이 마을 저 마을을 떠도는 꿈
이라면
장롱 속에 가두어 둬
무엇을 바라든 쓸만할 테니

소망을 이루어 드립니다
당신이 바라는 것이라면 무어든
소망의 무게만큼 가치 있는 것을 바친다면
무어든

실감을 원한다면 그대여, 세계의 모서리를 베어와
저울에 달아도 어느 쪽으로도 기울지 않을 세계를
그대 시간의 무게만큼 사라지는 세계를
맑은 발등으로 물 위를 떠도는 그대여,
유령의 소원은 절실하고 목소리는 지워져요
기도에는 통곡이 간절해요

발가락의 여행

멀리 있는 것들을 생각한다 가령
바다 적도 남두육성 자궁 암흑 카프카의 뼈 동주
의 벽 당신

그리고 당신, 당신이 유배된 아주 먼 계절
다른 행성의 겨울을 걷고 있는 발가락을 생각한다
지표면에 끝없이 남기며 화석이 되어 가는
열 개의 다른 지문을

너무 멀어서 닿지 않는 것들을
앙상한 뼈를 맞추듯 무감하게
생각한다 여행 심장 맨 처음의 잎사귀 자정의 일
분 기억이라는 근육

나는 모르는 머나먼 도보를
신경과 힘줄의 연계를 기계적으로 숙명적으로
뚜벅뚜벅 걸어가는 열 개의 발가락을

안부도 위로도 물을 수 없는
나는 떠나고 머나면
그 모든 것 위로

꿈틀거리는 발가락 내가 어찌할 수 없는
기록이여

초록의 그늘 화환의 장미 그림자 속
따뜻한 물 한 모금을 넘기면
가슴 어디께 자취 없이 사라지는
그런 것

흔적 없는 것들을 생각한다 가령
한밤중의 그림자 심해의 햇빛 계단 밑의 유령 감
은 당신의 눈동자 속 그리고 외로운
발가락

구름수집가

자살자들의 시대는 가고
한가롭게 구름이나 낚는 거지

장대를 꽂고
잠시만 기다려 봐

적도의 더위에 혼비백산 날아온
창백한 귀부인 구름의 구두라도 낚을지 아나

새벽에 정원에서 증발해
아직 제가 누구인지도 모를 풋내기의
주근깨라도 건질지

늙은 나무들의 늑골에서 흘러나온
하품은 최상급이야 몇 년 치 수명쯤은
잃어버린 줄도 모를걸

야반도주하다 들판에서 붙잡혀

치도곤이 되도록 맞은 사내가
주저앉아 피는 담배 연기는
좀 맵긴 하지만 피 냄새가 섞여서 좋아

구름의 골격은 복잡하거든
하나도 같은 것이 없다네

부엌의 수군거림도 폐가의 밀회도
칸나꽃 아래 묻힌 머리의 주기적 발작도

죽은 아이의 신발을 품에 안고 잠드는 침대도
묘지기의 어깨에 두른 누더기 옷도

주점의 노래도 새벽의 비명도 여름마다 사라지는
여자들도
접어놓고 잊어버린 소설의 페이지도

무럭무럭 구름은 늘어나지

제멋대로 뼛조각을 덜그럭거리며
텅 빈 얼굴로 머리 위를 배회하지

장대 끝에 죽은 새라도 없으면
얌전히 부리에 물릴 구름이 가득―

계절풍의 궤도라도 그려졌다면
애호가들은 환호작약하리라

구름을 낚자 장대를 세우고
익명의 부고를 기록하자
한가로운 죽음을 원인불명의 이야기를

스스로 목을 매는 명료한 이들은
창고에도 보관치 못할 구습이라지

우글거리는 소문이
구름의 덩치를 불린다네

학살자의 묘지 위에도 구름은 떠 있나니

오늘의 구름은 오늘의 구름
내일의 하늘빛은 구름의 낯빛

구두끈을 고치고 마른세수를 하고
자욱한 저녁의 집으로 돌아가세나

한없이 투명한

물과 빛으로 짠 몸이라 말하고
발가락을 세워 창밖을 본다
시선의 각도에 따라
나는 일렁이는 무늬

꿈에 버린 시간일랑 잊고
나는 언제나 하나의 나이테
추억은 없고 기억만 남은 자

지독한 가뭄이 든 여름 한 철
기슭이 드러난 물가에 앉아
그악스런 물의 손톱을 거두고
나는 한 줌 천연덕스런
손금 위의 물방울

내겐 부유하는 날들일랑 없어요
그저 고여 한없이 맑아지고 줄어드는 것

꽃의 뿌리에서 멀어져 색도 향도 벗고
가벼운 춤이 되는 것

당신의 더운 입술에서 머문 흔적도 없이
곧바로 사라지는 것 자유롭게
일렁이는 것

나는
뭉그러진 발톱을 잊기 위해
영혼의 한 겹을 지옥에 걸어둔 자
빛으로 흉지나 결을 새로 빚는 자

백치의 언어로 속삭이겠어요
당신의 눈빛으로 새 몸을 얻고
바로 버리겠어요

버려진 시간에 은닉하겠어요
빛나지만 눈부시지 않은 자

허공의 수집품
마지막 발가락이 증발할 때까지

춤을 추다 사라지겠어요
소용돌이치는 바닥만 남길
그 자,

4부

창 아래 별이 지나가는 새벽

소년, 소녀

어느 우주는 청보리밭의 오월

발등엔 달팽이가 꾸는 꿈

이마는 그해 여름의 첫 비

심장은 두근대는 나비의 날개

저무는 꽃들의 그림자를 마시고
오늘도 뼈가 자랐어

목소리만 사는 별에
눈썹을 두고 왔어

어느 우주는 밀물의 바다

너의 종아리에서
청량한 향기가 흘러나와

깜박이며 멀리 사라지는
오후에 손을 흔들었어

바람이 멎으면 색이 달라질 거야
저 푸른 들판을 건너 아지랑이가 달려오면

계절의 휘어진 등뼈 아래
아직은 혼곤히 낮잠을 자자
자고 일어나면
커다랗게 자란 발로
아직은 은밀한 이름을 적자

어느 우주는 비밀을 잊은 밤의 범람
살이 연한,
아직은 봄의 기도

십이월의 눈 무의미의 창

세계는 녹슬고 있었나 보다
부식의 기미가 곳곳에 흩날린다

벌레 먹은 햇빛이 창궐하던
옛 계절도 이보다 심하진 않았다

사람들이 간밤에 띄워올린 꿈의
시체가 도로 낙하하는 것일까 대체
꿈이란

도무지 무거운 것이어서
증발할 줄도 모르고

지붕에 미처 걷지 못한 빨래에
머리카락에 담장 위로
가루 흰빛으로 들러붙어
얼룩이 되고 있다

내장이 토하는 탄성이
곳곳에서 냄새를 피우고 있다
빛나는 입술이 색을 문질러
허공에 닿고 있다

이 기꺼운 녹과 삭아버린 모서리에
나는 눈을 뗄 수가 없다

나는 고요에 머물고 있는데
또 다른 소요가 군데군데 구멍이 뚫려
사그라들고 있는

풍경에 기록을 남기면
유령이 입을 벌려
입김으로 지우곤 한다

여름

비는
사각사각 내린다
푸르게 번지는
멍

손가락이 끈적한
냄새를
따라가자

발뒤꿈치가 환한
오후를
걷자

하늘이 낮은 동네의
투명한 지붕들

한밤의 고막을 채우는
폭우의 웅성거림이 있더라도

이명처럼 나는
잠자리를 바라보자

씻은 이마에
솜털이 자란다
이제 발톱을 기르는
어리디어린

계절

산책

우리는 발자국을 얼음처럼 떨어뜨렸다
파고의 푸름 속에
일렁이며 저승 나비 무늬

무덤의 가장자리마다 핀다던
마른 꽃으로 굳었다
물이 핥고 가는 산호처럼

나의 시간을 빚어 실루엣을 만들었다
그림자를 볼 때마다
그대를 떠올렸다

뒤집으면 다시 시작되는
유리 속 황금시대
좋았던 날들만 무한재생하는
착각과 망각의 틈새마다

우리는 조약돌처럼 은닉했다

눈 감아라 뚝딱 꼬리를 늘이며

달아나는 술래, 손가락이 찾아 주길 기다리며

유월

맑은 날

우산을 들고 가만히 서면 빗방울이 내 영혼의 이마로 흘러내리는 소리가 들린다 몰려올 구름이 대지의 그림자가 후둑후둑 귓바퀴에 돋아나는 시간 저물 장미가 사라질 고요가 긴 골목이 되어 나는 문을 열고 열 개의 발가락을 먼저 떠나보낸다 불어난 발소리를 지우려 가지런한 두 손을 보낸다 활짝 열린 어깨뼈와 숲의 혈관을 빛낼 심장을 보낸다 외로운 골반이 절룩이며 따라간다 길게, 깜박이며 속눈썹과 오후가 멀어진다 빛으로 사금파리가 뚝뚝 떨어지는 창문을 열면 여름 흠뻑 젖은 머리카락을 쥐어짜며 비는 음험한 짐승의 아가리 소실하는 풍경의 육체를 만진다 맑은 날 우산을 들고 가만히

그대여 고독한 골목에

고독한 골목에 발을 두고 왔습니다 고독한 골목에 머리에 꽂은 꽃을, 고독한 골목에 밀담을 적어 두고 왔습니다 그대여, 고독한 골목에 가면 내가 흘린 꿈에 스미세요 고독한 골목에 창을 두고 왔습니다 영원히 두드리는 창백한 주먹을 투명하게 말라가는 빛을 바르고 왔습니다 고독한 골목에 그대여, 멈춘 그림자와 악수를 나누세요 고독한 골목에 색을 두고 왔습니다 겨울과 봄과 여름과 가을 저녁의 시간에 잎사귀를 담그고 왔습니다 그대여, 고독한 골목으로 가는 지도를 찾았나요 모든 길이 낭떠러지로 사라지는 저승 나비 무늬 혈관을 읽어서 흰 그늘로 버리면 그대여, 고독한 골목에 내가 쌓아둔 돌멩이와 물방울을 볼 수 있을 거예요 고독한 골목에 목소리를 두고 왔습니다 그대의 이름만 되부르는 고독한 골목에 그대를 두고 왔습니다 그대여, 부드럽게 바래세요 모퉁이를 돌 때마다 고독한 골목 고독한 골목에

그대는 모르죠

낙엽이 펄럭이는 하늘의 몇 겹 뒤
보이지 않는 날의 하늘이 있다는 걸

열린 창문 너머로 새어나오는 빛 속
무덤에서 갓 태어난 흰 손이 돋아나는 걸

인사의 언어가 연한 공기막에 잡힐 때
그대의 귓바퀴에 걸린 몇십만 년 전 죽은 색

입술이 동그랗게 길어질 때
무너진 천정 위로 쏟아지는 눈보라

봄 연한 뒷면 번지는 푸름
식탁 위 상한 빵처럼

오래 머금은 훈기로 물기 어린
눈동자 뒤 긴 나무의 그림자

세계의 지붕을 딛고 지나가는
흔적으로 발자국

발가락을 붙잡고 외로워질 때
기록되지 않는 고어로 흩어진다는 걸

폐허의 골격을 지닌 사람이
방금 그대 곁을 스쳐 지나갔다는 걸

적란운

커다란 손이 내려와
얼굴을 움켜쥐어
내 표정이 당신의 운명이 되지
두근거리는 손금으로 어두워지지
착륙하는 그늘
숨결에 흩어지는 육체에 깃들어

몇 줄기 빛이 핏줄이 되고
그림자 드리운 내장이 되지
덩치만 커다란 잠에 들지
눈뜨면 기억나지 않을 꿈들에 사로잡혀

정수리부터 캄캄하지
손가락들이 자유롭지
발바닥까지 통째로 물들지
날개가 끌고 갈 하염없음인데
목소리만 빙빙 돌지
그 집 속에 멸망하는 금빛 나무지

그러니까 길이지
내가 점령한 한 뼘 영토지
소용돌이치는 이름이지
기도의 습기는 모두 가둔 채

나는 마르고 가벼워
펄럭거리지
곧 빛나는 뼈들이 발굴됩니다
가슴을 두드리는 옛 울음이 시작됩니다
급격하게 사위어가는 풍경 속에 꽂혀서

안녕, 부다페스트

안녕, 부다페스트
청색의 그늘 위로 다리
다리를 날아가는 바람
바람의 무늬만큼 당신
안녕, 부다페스트

흔들리는 기도도 없지만
당신의 흉곽을 기억해
깊게 열린 가슴 속
혈관이 도드라진 나비
입술이 열릴 때마다
투명한 날개뼈가 들먹거리는

안녕, 부다페스트
어지러운 뒷골목의 도시
내가 표정을 잃을 때마다
견고하게 닫히던 성곽
안녕, 내 나비의 발자국

안녕, 안녕 오랜 학살의 이름

부다페스트
그 어깨뼈에 얹어놓은 입술
포도 아래 묻어둔 손톱
가볍게 밀려가 도시 외곽
사라지는 시간들
부다페스트에서 도착한 한 줌의 목소리
안녕, 부다페스트
하필이면 왜 부다페스트일까
구름의 이마를 기댄 당신이
날 뒤흔든 아침
안녕, 난 부다페스트에 있어
뒤집힌 낮과 밤
파도에 실종된 시간을 사이에 두고

안녕, 부다페스트
나는 앉은 채 나무가 된 사람과

비명과 화염의 멸망을 떠올리지
고요한 그늘에 몸을 담근
영원히 억울한 무덤들을 생각하지
부다페스트에 당신이 있다면
그 이율배반적인 나의 기도 나의 악몽 나의 종소리
안녕, 부다페스트

부다페스트
당신은 푸르게 젖어
한낮의 적막을 건너고 있어
나는 발을 접어 몸 깊숙이 밀어넣고
자정의 현기증을 견디고 있어
우리가 나눌 건 인사뿐
그저 가벼이 손을 잡으며
안녕, 안녕 부다페스트
그 사이로 천 년의 시간이 흐르네
뺨과 뺨이 만나는
찰나, 순간, 미니어처 블랙홀

당신

당신, 안녕 안녕하세요 부다페스트

안구건조증

빛 속에서 일어난 살인
한 발의 총알이 눈에 박힌 후로
나는 사막화 질환을 앓는다
예를 들어,

당신을 만질 때
푸스스 떨어지는 금빛 눈물
꺼끌꺼끌하고
살갗을 갉아먹으며 흘러내리는

총구를 들어 나를 쏜 건 당신인데
내 눈에 박힌 건 빛조각
당신의 야윈 뺨에 환하던

나는 정오를 앓는 자
나는 낱낱이 털린 자
건조기에서 갓 발굴된 미라처럼
두 발로 걸으나 영생을 잃은 자

나는 빛 중독자
나는 광명 추종자
나는 가벼워지는 자
나는 한 방울의 눈물에
한순간 생의 모든 물기를 바친 자

당신이 밝어질수록
당신이 어두워질수록
당신이 젖어갈수록
나는 환해지는 자

아름다운 살인이 있던 그날 이후
황금의 총성이 공기를 휘저었던 그 시간 이후
내가 메아리로 온몸에 거했던 이후

아름다움은 조용히

　나는 바다를 건너고 있어 달밤에, 잃어버린 말들을 만지고 있어 꽃잎을, 여자가 흘린 속삭임을 보고 있어 천 년 동안, 나비의 혈관으로 흩어진 하늘과 헤아릴 수 없는 귀들이 열린 파도 위를 맨발로, 걷고 있어 비밀을, 꿈의 심장을, 한밤에 고인 눈물을, 꿈은 닳고 있어 오래오래, 골목을 돌아 들판을 건너 절벽에 이르러 길들이 몸을 던질 때 이야기들이 빛나고 있어 바위 위에서, 물이 그림자를 던지고 있어 먼 곳으로, 나는 떠나고 있어 모든 내부가 환해지는 시간에, 투명한 뼈들을 향해 손을 내밀고 있어 궁륭을 떠받친 기둥들, 닿을 수 없는 이름을 부르며 한없이 가늘어지고 있어 손가락부터 발가락부터 속눈썹부터 차례로, 공기가 되고 있어 창문들이 하나 둘 닫히는 시간에 구름이, 얼굴을 놓고 가고 있어 나는 풍경이 되고 있어

칠링

슬픔도 차갑게 흔들어 마시면 좋을까
그늘 아래 누워 맨발을 흔들며
새벽에 내리는 비가 눈이 되어 쌓이듯
아침이면 혈관이 얼어 그대로 멈출까
눈을 가리고 우는 술래는 누굴까

누가 되겠니? 누가

그대로 멈춘 세계를
맨발로 뛰어갈래?

꽃을 열면 고이 접힌 고전적 슬픔을
어렵지 않게 발견하기도 하지
미지근한 향기는 비리기도 하잖아
옆에 앉은 너의 폐에서
상하기 직전의 계절이 흘러나와
그러니,

우리 그대로 멈추자
내가 네 눈을 가려 줄게
하나 둘 셋 노래를 불러 줄게

슬픔은 빙점이 없어 네 말을 가져갈 거야
눈동자 속에 고인 풍경을 지워 줄 거야
두근거리는 살을 멈춰 줄 거야
아무리 피를 마셔도
더 이상 뜨겁지 않을 거야

차가워지는 것 마음이 흘러나오는 것
고약한 선물상자를 베개 위에 올려놓는
나이 든 어미들을 바다 밖으로 보내는 것

손깍지를 끼고 나란히 앉자
피크닉 바구니엔 슬픔이 가득해
차갑게 더 차갑게 슬픔을 흔들자
저녁의 발톱이 나비로 날아와 누가

그대로 멈춘 세계에서

노래가 될래?

풍경수집가

돈이 궁하다면 나를 찾아오게
흔한 기억들이야 누구든 있는 법이지
아프지 않아, 기억은 얇으니까
눈만 크게 뜨고 있다면 이 은수저로 금방 떠낼 수
있어

죽은 자의 풍경이 가장 비싸다네
부모라도 죽었는가, 도적질한 유골이 있거나
저런, 애도를 표하지, 무슨 말인가,
이 일을 오래 하다 보면 묘지 담장 근처에만 가도
절로 모자를 벗게 된다네

뼈에 달라붙은 이름을 긁어내는 일이
가장 어렵고 오래 걸리지
이름은 금방 뿌리를 내리거든
피골이 상접할수록 뿌리가 깊어서
상하지 않게 들어내기가 좀처럼 어려워
손발톱을 부러뜨리고 기어이 떼어냈을 때

가끔 유골이 기이한 울음소리를 내기도 하지
은수저가 파르르 떨 만큼 말일세
천 년 넘게 풍경만 담아온 이 은수저도
죽은 자의 비명에는 눈물을 흘리지

눈구멍이 휑할수록 컴컴하고 깊다네
죽은 자의 마지막 풍경 말이야
심장이 멎고 피가 굳고 살갗이 차가워지는 순간
눈동자 속에 떠오른 한 장의 세계
전 생애를 달려 마지막에 움켜쥔 순간
그걸 악마들은 영혼이라고 부르고
늙은 무덤이 대기 속에 가만히 풀어놓으면
요정이 되는 거라네
요정이 노래를 부르면
인간들이 눈물을 흘리는 까닭이지

기억이 오래 익어야 풍경이 되지
여기까지 오는 동안 자네,

몇 겹의 기억을 통과한 건가.
누구의 꿈을 건너온 건가.

살아 있는 기억은 푼돈밖에 못 쳐줘
미안하네, 그래도 기억을 팔아
죽과 감자를 얻는 게 어딘가
어딘가 허술하고 무언가 어두워도
식솔들이 둘러앉은 밥상이 중하지.
팔아치울 무덤도 없다니 유감이네.
아프지 않아, 기억은 자주 희박하니
자 눈을 크게 뜨게

우리는

함께 바다에 가자
일몰을 보자

장기를 모두 토하고 죽은
푸른 짐승을 애도하자

터럭을 태우고 살을 발라내
잔볕에 오래 말리자
말린 살점 하나 혀에 올리고
우리는 마주 보자

수천 년의 몸뚱이가 무너지고 한 줌의 물이 되도록
고이 담은 물기가 마르고 빛나는 눈동자만 남도록

우리는 이제 폐허에 가자
시체의 가슴에 피어난 꽃을 따자
모두가 버리고 간 노래의 허물을 뒤집어쓰고
우리는 잠시 걷자 걸어 보자

발자국을 지우는 악령을 그림자로 두고
우리는 사라지고 또 사라지자

해풍에 굽은 나무들 사이로
검게 나는 새들의 숲으로
우리는 나란히 누워
서로의 얼굴에 모래를 끼었으며
늑골을 열고 단잠을 자자
함께, 두근거리자
도굴꾼의 휘파람 소리가 들릴 때까지
붉은 심장이 꺾일 때까지

우리는 우리의 머리를 끌어안고
눈에서 산호가 자라는 것을 보자
애기보를 꺼내 얼굴을 묻자
표정이 지워질 때까지

재잘거리자 함께 바다에 가서 아름다운 일몰을

보았지 소중한 건 그것뿐이라는 듯 우리는 함께 바
다에 가서 아름다운 일몰을

　밤은 우리의 꿈에서 도망친
　검은 날개로
　저 아득한 바다를 날아가겠지

　다섯 개의 차가운 지문이 불타오르면
　우리는
　대궁이 긴 꽃처럼
　기쁘게 웃을 거야

　안녕 우리는 함께 바다로 가자
　강도당한 저 육체로
　파헤쳐진 뼈와 살점 사이로

　바야흐로 온건해진 혓바닥으로 가자
　붉은 복숭아뼈로 가자

바다는 거기,
있다

다시,

꽃들이 운동화를 신고 까르르
떠나는 오후

계절에서 계절로 건너가는
여행이 있지

온통 봄뿐인 여자도
있지

세상의 모든 악몽은 물빛이라고
투명한 피가 돌았지 여자의 자궁 속

한 방울 두 방울 셋 넷 다섯 여섯
내리 피를 쏟는 금요일이면

김치찌개를 끓여놓고 창문을 열어
자박거리는 발소리를 기다리곤 했지

다시, 사월이고
꽃들이 저녁으로 저물고 있네

언제부터 꽃들은
저렇게 가볍게 웃으며 죽어가는지

하얀 발목에 걸린 운동화가
경쾌하게 파닥이며 나무와 그늘 사이로
숨고

습기를 머금은 이름이 잊어버린 이름이
정원의 구석마다 돋는다

봄은 소풍 가기 좋은 계절
푸르고 검은 환시의 시간

자 우리는 김밥을 싸자

꽃들이 가슴을 풀고 까르르
목을 꺾는 오후

새로 태어날 아기의 이마에는
노란 꽃점을 찍어줘야지

비린내 자욱한 아가미를 벌리고
여자의 자궁이 기이하게
운다

푸른 피를 앓았다/앓았다

정재훈(문학평론가)

하나. 지금껏 없었던 낯선 말들의 상륙기(記)

시는 어떤 경로를 거쳐 우리 앞에 모습을 드러내는 가. 그것은 '일상'이라는 뭍과 '영감'이라는 물이 서로 뒤엉키는 경계에서부터 출발한다. 시의 태동은 연안沿 岸의 운동성과 유사하다. 연안은 뭍과 물이 서로 부딪히는, 유동적이고 역동적인 경계이다. 거기에는 끊임없이 포말처럼 일어나는, 낯선 무늬의 말들이 태어난다. 그러한 말들이 태동하는 연안에서 시인은 "경계 없이 몸을 잃는 자발성"(「오수」)을 '온몸'으로 시도한다. 누군가는 그곳을 시인들의 정서적 고향이라고도 했으며, 간혹 그렇게 '온몸'으로 뛰어들었던 시인들의 마지막 모습을 봤다는 흉흉한 목격담이 떠돌기도 했다. 뭍의 관점에서는 쉽게 이해할 수 없었을 미지의 숨결과 몸 짓이야말로 시 쓰기의 전형이며, 그렇게 경계에서 태어난 낯선 말들은 가까스로 시인의 입술을 스치며 생명을 얻고, 서서히 뭍을 향해 발을 내딛었을 것이다.

 "푸른 피"(「작약」)처럼 영묘한 푸른빛이 스민 이용임의 시어들, 이 낯선 말들도 뜻밖에 찾아든 "이국어로 쓴 시"(「서시」)처럼 우리 곁으로 서서히 첫발을 내딛었을 테다. 그런데 뭍의 변방에서부터 거슬러 올라온 이 낯선 말들이 당장에 어떤 힘을 발휘할 수 있는 것은 아니다. 이제 막 뭍으로 모습을 드러낸 연약한 말이어서, 이미 오래전부터 뭍에 자리 잡은 이전의 다른 말들 앞에서는 쉽게 소멸될 수도 있는 것이었다. 이것은 시인의 '생활'과 '시 쓰기'의 경계에서 발생하는 위험 요소와 흡사하다. '시를 쓴다는 행위'란, 일상으로부터 거리를 두어야 하는 것이고, 또 '보석'처럼 발견한 자신만의 말들을 가만히 은닉해 두려는 시인의 습벽처럼, 뭍으로 나온 낯선 말들이 고유의 힘을 발휘하기 위해서는 일정 시간의 잠복기가 필요하다. 그래야만 무엇으로도 가라앉히지 못하는 "두근두근 알아들을 수 없는 소리"(「비2」)라는 울림이자, 노래를 비로소 온전히 발산할 수 있게 되는 것이다.

> 순결한 네 이마에서
> 불온한 자궁의 무늬를 읽는 건
> 우연이 아니야

녹슨 시계덩어리 심장 그게 바로 너야

말랑한 숨결이 비린 건
아직 밤이 깊지 않아서
갓 태어난 지문이 희미한 건
아직 이야기가 깨어나지 않아서

내가 밤마다 네게 불러 준
노래를 기억해
몸에서 몸으로 물려 준
감각을 기억해

기억해 여자여 어린 여자여
희디흰 살결에 붉은 입술을 지녔지만
언제나 독에 취해 잠을 자는 여자여

내 몸에 더운 무덤을 만들고
파도에 젖은 분침 소리로
내게 인사한 여자여

네 심장 소리를 듣고서야

알았네 왜 기억은 관절마다

둥지를 트는지 왜 나는

시효가 만료된 순간들이

검은 낯짝을 치켜들고

웅성거리는 집단거주지인지

피투성이 시계덩어리 심장 그게 바로 나야

—「시계의 집」 부분

　　세상의 보편적인 외양("순결")과는 전혀 다른 모습
을 한 "검은 낯짝을 치켜들고" 뭍으로 올라온 낯선 말
들은 곧바로 자신들의 은신처이자, "집단거주지"를 형
성하기 시작했을 것이다. 아직 습기가 남은 "말랑한
숨결"이지만, 연안으로부터 벗어나면서 서서히 뭍의
건조한 공기에 적응해 가면서 말이다. 시인의 입술에
서 흘러나오는 낯선 말들은 뭍의 질서가 세운 "순결"
함 사이로 떠오른 "불온한 자궁의 무늬"와도 같다. 이
렇듯 시는 '불온한 무늬'를 제 몸으로 감싸며, 본능적
으로 자신만의 외피를 형성해 나간다. 시의 역사, 그
'불온'의 역사는 상륙과 함께 장엄한 첫 페이지를 뭍
의 시선들 몰래 시작始作/詩作한다. 본래 시인이 자아낸

특유의 '무늬'들을 세상 그 누구도 곧바로 파악하기란 지극히 어렵다. 따라서 시인의 낯선 말들에는 이미 '변종'이라 할 수 있는 특이한 체계가 담겨져 있는 것이 분명해 보인다.

물에서 밀려나와 이제 막 뭍으로 발을 딛게 된 이 낯선 말들의 역사, 그 상륙의 "이야기"는 "갓 태어난 지문"이라는 위장된 신분으로 물에서 살던 존재들과 최초로 조우한다. 이방인의 외로운 발걸음을 고스란히 닮은 까닭에 "밀어"의 행보는 낮보다 밤이 더 어울릴 수밖에 없었을 것이다. 낯선 말들에게 유일하게 허락된 밤은, 마찬가지로 뭍에서 버젓이 제 이름을 드러낼 수 없던 존재들("장의사", "도굴꾼")도 활동하는 시간이기에, 이들의 조우는 지극히 자연스러웠을 테다. 이른바, '밤의 작업자'들이지 않는가. 시인도 이들처럼 밤의 깊은 침묵 한가운데에서 기억과 언어들의 죽음을 홀로 애도하고("내 몸에 더운 무덤을 만들고"), 내면의 어둠 속에서 밀려들어오는 "파도에 젖은 분침 소리"에 '온몸'을 기울이면서 이곳저곳을 파헤치느라 무수한 밤을 보냈을 테니까 말이다.

그 깊은 밤, 마치 도깨비불의 섬뜩한 기운처럼 이용임의 낯선 말들에는 유독 '푸른 피'가 감돈다. 이것이 파격적인 이유는, 지금껏 '피'에는 그 어떠한 수식어가 없었기 때문이다. '붉은 색을 띤 액체'라는 사전적인 의미보다, 더 강렬하게 고정된 이미지가 자리 잡고 있던 탓에 지금껏 그 어떠한 수식어도 불필요했던 것이다. 하지만 시는 낯선 수식어들의 (핏)덩어리에 가깝다. 그리고 그 안에는 '낯섦'에서 비롯된 논리적 '역방향성'과 그에 따른 의미적 '충격'과 '이질감'이라는 고유의 유전적 체계가 담겨 있다. 변종으로서 이질적인 형태를 지닌 저 "녹슨 시계덩어리"의 "심장"을 도는 피도 이 '푸른 피'이다. 이렇게 변이된 심장으로서 은유된 시는 아직도 비정상적이고, 불길하고, 불온하고, 위태롭다.

둘. 잠복기 이후, 서서히 드러나는 낯선 증상들

시인이 이곳에 수혈하고자 하는 '푸른 피'의 낯설고 이질적인 상상력은 어떤 '삶'과 '이야기'에 더 잘 용해되는가. 이용임의 시적 상상력의 특징을 하나 꼽자면 심장, 자궁, 뼈 등과 같이 몸의 일부를 소재로 한다는 것이다. 앞서 '녹슨 시계덩어리'라는 심장, 혹은 "물로 만든 심장"(「서정적 심장」)은 '시계'라는 인공물, 혹은 '물'이라는 자연물과 뒤엉키듯 합성되었다. 무용하기 때문에 세상으로부터 버림받았던 '녹슨 심장'이 다시 새롭게 "파도의 젖은 분침 소리"를 내기 시작했다면, 마찬

가지로 '물의 심장'도 "거침없이 늘어나는" 존재적 "상
처"("심장은 상처니까요")를 통해 비로소 연대감(상처
의 나눔)을 펼친다. 그리고 '자궁'은 연안에서 멀지 않
은 "비린내 자욱한 아가미"(「다시,」)를 다시 품었고, 또
'뼈'는 "죽은 자의 천 년 유골"(「언제든, 무덤」)의 모습
을 하고 있었다.

　이렇듯 이용임의 시적 상상력은 세상으로부터 하찮
게 여겨졌거나, 가혹하게 버려진 것들을 주어다가 무
언가와 결합시킴으로써 새로운 습성(의미)을 부여한
다. 연민과 공감에서 비롯한 시인의 연금술적인 상상
력의 자장磁場은 한없이 낮게 가라앉아 웅크리고 있는
고독한 삶을 향해 다가간다. 이용임의 푸른 말들은 낡
고 누추한 노년의 몸(「봄」), 혹은 외로움에 몸부림치거
나(「안녕, 부다페스트」), 아이와 같은 연약한 육신(「비
2」)일수록 더 잘 흡착한다. 그렇게 낮고 낮은 몸들에 스
민 말들은 "흐르지 않는 혈관에/갇혀 있는"(「작약」) 푸
른빛을 발산하며 특유의 무늬를 새롭게 형성해 나간
다. 그런데 이것은 이따금 기이한 반응을 유발하기도
하는데, 마치 "죽지 않는 벌레"(「친근한 사물들」)가 심
장 속으로 파고들어 기생하는 것처럼, 평온했던 일상
의 매순간마다 지속적으로 요동치는 낯선 감각이자,
기묘한 증상이 발생하는 것이다.

자다 깨니 심장이 간지러워서
뒤적여보니 다족류 벌레가 있더라

발이 많아 간지러웠나
기생의 병을 이기지 못하고
신발이 되거나 주걱이 되었다는 이웃의 이야기는
구닥다리 신문에서 읽었는데

신발도 없이 언 발로 서걱이느라
벌레의 큰 눈에서 눈물이 떨어지더라

차마 죽일 수가 없어 유리그릇에 넣고
매일 피 한 방울을 먹이며 키웠다
피가 진득한 밤이면
유난히 입맛을 다시는 벌레가 귀여워서
한두 방울 더 주기도 했다

벌레는 자라고 나는 마르는
어느 부모 자식 같은 신파가 한 계절,
자다 깨니 심장이 간지러워서
뒤적여보니 삭은 피가 우수수 쏟아지더라

벌레를 품고 자다
다족류 벌레가 된 이웃은
짝이 맞지 않는 신발 때문에 고민이 많다던데

벌레의 골격으로 이루어진 심장을 더듬어도
이제는 너무 커다란 벌레를 집어넣을 수 없다

나는 네 이름의 텅 빈 문이 되었구나
밤새 꿈에 담아 데워놓은 신을 신고
너는 부지런히 멀리 사라지렴

굳은 피 귀퉁이를 잘라 먹이며
벌레의 작은 발을 쓰다듬는다
눈보라 속의 발

내가 닿는 혈관마다 겨울이 될 거야
너는 내가 그린 지도가 될 거야
병은 정처 없어
발만 묻힌 무덤에 공양하였다

벌레는 자라고
스멀거리는 감각만 오래 남아

기면증을 앓았다

자다 깨니 심장이 간지러워서

—「당신이라는 의외」전문

"다족류 벌레"라는 특유의 이미지 앞에서 누구든
불쾌감과 공포를 느낄 수밖에 없을 것이다. 벌레를 홀
로 키운다는 것은, 외롭고 고통스러운 삶을 스스로 비
춰 보고, 이를 정면으로 직시하고자 하는 일종의 자학
적 상상의 방식이다. 어둡고 습한 곳에서 힘겹게 무위
의 시간을 쌓으며 살았을 누군가의 삶도 세상의 또 다
른 누군가로부터 '벌레'와도 같은 취급을 받으며 불길
한 시선을 '온몸'으로 받았을 것이다. 하지만 아무리 밑
바닥에 가라앉은 삶이라 할지라도, 또 지독히 외롭고
고통스러운 황폐함에 갇혔다 하더라도, "감각"만큼은
(다족류의 벌레처럼) 흘러넘칠 정도로 풍부하고 예민
하다. 시인의 낯선 말들은 이러한 허름한 삶 곳곳에 스
미면서 푸른빛의 연민을 자아내고, 세상이 몰랐던 새
로운 의미를 부여하면서, 노래로써 그들의 삶에 대해
이야기하려 한다.
　실패한 "한낱 줄기가 가는 노래"(「노래의 뼈」)이고,

그 노래의 기록인 시는 가라앉는 삶에 대해서 유일하게 증언해 줄 수 있는 한 줄기의 가능성일지도 모른다. 가능성이 지닌 본래적 힘은 오로지 폐허 위에서 발휘된다. 위 시에서 화자인 '나'의 심장에 기거한 벌레는 유독 '밤'에만 왕성하게 움직이며, 특히 "피가 진득한 밤"에는 더욱 그러해 보인다. 그런데 '나'의 심장이 밤에만 유독 간지러운 이유(이것은 잠들지 않는 밤을 맞이하는 것이고, 낯선 감각을 인식하는 생의 가능성이다)는 꼭 벌레 때문만이 아니다. "간밤에 띄워올린 꿈의/시체가 도로 낙하하는"(「십이월의 눈 무의미의 창」) 그 폐허를 떠도는 꿈의 부유물에 의한 것일 수도 있다. 뭍에서 가장 어두운 밑바닥을 낮게 부유하다가 퇴적된 꿈의 시체들의 음영陰影을 시인은 고스란히 시로 옮긴다.

시는 마치 지도처럼 "세계의 지붕을 딛고 지나가는/흔적으로 발자국"(「그대는 모르죠」)을 따라, 뭍 어디에서도 "기록되지 않는 고어"들과 함께, 버려진 꿈들을 기록한다. 시인은 상처받은 꿈들의 이야기, 생동했던 꿈들의 마지막 흔적들을 그 안에 새겨 넣는다. 거기에 새겨진 완만한 등고선은 계절의 령靈이라 불리는 "나비의 혈관"(「당신, 이라는 말」)처럼 마구 헝클어져 있지만, 쓰러진 누군가가 꿈꾸었을 "천국"을 향한

"이정표"(「천국이라는 이정표」)를 다시 굳게 세운다. 시를 쓰는 과정에서 마주하는 "우울과 환각의 시간"(「천국이라는 이정표」)은 실패와 절망에 휩싸였던 밑바닥의 어둠과, "등 뒤에서 웅성거리"는 외롭고 고독한 "생활"(「휴식시간」)을 일시에 전복시키는 광기이자, 휴지休止와도 같은 완만한 정지, 즉 세상이 지금까지 들어보지 못했던 '이명'의 증상을 날카롭고도 지속적으로 발생시킨다.

셋. 호전되었지만, 그렇다고 끝은 아닌

제어될 수 없는 이명, "어찌할 수 없는/기록"(「발가락의 여행」)에 의한 증상은 무엇을 의미하는가. 뭍에서 올라온 낯선 말들이 일으킨 증상의 정점은 '두근거림'과 '이명'이었다. 그렇게 낯선 말들은 잠복기를 거친 뒤에야 두근거리는 노래가 되었고, 생소한 푸른빛을 드러낸다. 심장이 간지럽던 밤을 무수히 보내야만 했던 누군가의 삶 밑바닥에서 꿈의 부유물과 함께 스며든 낯선 말들은 이윽고 지도에 그려진, 뭍의 끝자락인 "바다"(「우리는」)를 가리키며 "함께 바다에 가자/일몰을 보자"고 속삭인다(어쩌면 그곳은 시인의 연안과 비슷한 풍경인 곳이었을 테다). "모두가 버리고 간 노래의 허물"이 뭍에서 생을 마친 노래의 시체였던 것처럼, 그리고 이러한 노래의 실패가, 이미 세상으로부터 실패로 낙인찍힌 누군가의 삶과 너무나 닮아 있기 때문에, 그렇게 시인의 낯선 말들은 낮은 몸을 향해 "함께, 두근거리자"고 속삭이는 것이다.

그렇지만 무책임한 탈주가 무조건 허용되는 것은 아니다. 강렬한 이미지에 현혹되고, 그로써 삶 자체가 경시되어서는 안 되기 때문이다. 이는 시인의 낯선 말들이 지닌 필연적 한계(즉, 시어로서 피할 수 없는 죽음)와도 관련이 있다. 스며드는 것들은 결국 '지워짐'이라는 운명을 맞이한다. 뭍으로 올라온 말들은 여전히 연약하다. 그리고 뭍의 질서는 무엇이든 낯선 것들을 끊임없이 배척해 왔었다. 따라서 시인에게서 태동한 낯선 말들의 죽음은 어찌 보면 시간문제이고, 필연일 수밖에 없다. 그리고 또한 일상을 완전히 지배하는 시적 영감이란 없으며, 그것을 맹신하는 것 또한 어불성설이다. 그렇기에 아무리 뭍 바깥의 미지를 꿈꾼다고 하여도, 그곳의 풍경이 정말 '공상'처럼 기이하다거나 생경한 것일 필요는 없다. '밀어'라도 문법에서 벗어날 수 없는 것처럼, 아무리 낮은 삶이라 할지라도 어쨌든지 간에 뭍에서 삶을 이어 나갈 수밖에 없고, 생명으로서 필연적으로 살아 있어야 하는 터전이 아직은 '여기'이기 때문이다.

　　고독한 골목에 발을 두고 왔습니다 고독한 골목에
머리에 꽂은 꽃을, 고독한 골목에 밀담을 적어 두고 왔
습니다 그대여, 고독한 골목에 가면 내가 흘린 꿈에 스
미세요 고독한 골목에 창을 두고 왔습니다 영원히 두
드리는 창백한 주먹을 투명하게 말라가는 빛을 바르
고 왔습니다 고독한 골목에 그대여, 멈춘 그림자와 악
수를 나누세요 고독한 골목에 색을 두고 왔습니다 겨
울과 봄과 여름과 가을 저녁의 시간에 잎사귀를 담그
고 왔습니다 그대여, 고독한 골목으로 가는 지도를 찾
았나요 모든 길이 낭떠러지로 사라지는 저승 나비 무
늬 혈관을 읽어서 흰 그늘로 버리면 그대여, 고독한 골
목에 내가 쌓아둔 돌멩이와 물방울을 볼 수 있을 거예
요 고독한 골목에 목소리를 두고 왔습니다 그대의 이
름만 되부르는 고독한 골목에 그대를 두고 왔습니다
그대여, 부드럽게 바래세요 모퉁이를 돌 때마다 고독
한 골목 고독한 골목에

　　　　　　　　　　　　　—「그대여 고독한 골목에」전문

누군가가 펼친 상상으로 암시되는 저 보이지 않는

'바다'보다, 오히려 일상 속 어느 한 장면과 닮아 보이는 "고독한 골목"에 더 오래 시선이 머문 이유는 간단하다. 위 시에서는 "골목"이라는 삶의 한구석에서 무언가를 쓰고 남긴 '나'도, 그것을 읽고 느끼게 될 "그대"도 같은 뭍이자, 세상에서 살아가고 있다는 것을 보여준다. 그렇다고 위 시에서 펼쳐진 "골목"의 풍경이 아무런 시적 상상도 발현되지 않은 무미건조한 것도 아니다. "그대"를 홀로 두고 떠나는 '내'가 고이 접어 두고 온 두근거리는 심장, "낭떠러지"와 같은 위태로운 삶을 견디며 온몸으로 써 내려간 편지, 또 어쩌면 나와 당신을 위한 천국의 위치를 새겨 놓은 지도의 한 부분일 수도 있는 "바래"진 '희망'은 여전히 이곳 뭍에 남겨진 자들만이 낼 수 있는 목소리이며, 이는 삶의 무거운 중력을 체감케 한다. 존재라면 피할 수 없는 절대적인 '고독'을 무대화한 것이 바로 이 "골목"이기에 더 눈길이 가는 것이다.

그리고 앞서 말한, 낯선 말들의 연약하고 짧은 주기도 위 시를 통해서 재차 확인할 수 있다. 화자인 '내'가 골목 한곳에 외롭게 "쌓아둔 돌멩이와 물방울"은 시인들이 흔히 말하는 '바벨'을 떠올리게 한다. 질서를 교란하고, 불협화음을 일으킴으로써 세상으로부터 불온한 것으로 낙인찍힌 언어들로 차곡차곡 세워진 바벨의 형상은 그동안 시인의 자의식과 연결된 고고한 이미지였다. 시인의 영예이자, 영원한 꿈에 가까운 이 '우상'은 그에 걸맞은 화려한 이미지와 기발한 상상으로 채워졌었다. 허나, 신神이 다시 그 언어들을 잔뜩 뒤엉키게 하고, 흩어지도록 명한 것처럼 허망한 이상은 그 무거운 '중력'을 제대로 견뎌 본 적이 없지 않았는가. 시는 '권위'가 아니라, 더 밑으로 내려가 거기서 부유하며 떠도는 삶의 파편들과 융해되어야만 한다. 이는 위 시에서 이용임이 시적으로 언설한 '두고 왔음'이고, 중력에 놓인 고독한 자가 복종하는 순리인 것이다.

아무리 푸른빛을 지녔고, 또 교란을 일으키는 독성을 품었고, 가히 연금술에 가까운 기묘한 상상을 발휘했다 하더라도, 이용임의 낯선 말들도 결국 서서히 제 힘을 상실해 갈 것이다. 삶의 중력은 그만큼 강력하다. 어쨌든 언젠가 그 낯선 말들, 그 시가 유발한 증상은 호전되어 다시 평범한 일상이 지배할 것이다. 하지만 언어와 감각을 끊임없이 낯설게 하고, 미지의 영역으로 진입하고자 하는 시인들의 모험적인 시도는 여전히 지금도 현재 진행 중이며, 앞으로도 그러할 것이 분명하다. 그렇게 시의 페이지들은 하나 둘씩 더 늘어날 테고, 우리는 그만큼의 내성을 지니게 될 것이다. 하지만 요즘처럼 더 많은 시가 쓰이고, 읽힌다는 것은 무언가를 남겨두고 돌아서는 '여백'보다는, 마치 끊임없이 상품을 생산하고 소비하는 메커니즘을 더 떠올리게 한다. 내성이 생긴 우리들은 더 자극적이고 파격적인 시를 원할 테고(이는 극히 제한된 소비층만을 가리키는 것이다. 오히려 이러한 소비 패턴이라면, 점점 더 시를 보지 않을 테니까 말이다.), 이 쾌적한 지옥은 영원히 끝나지 않을지도 모른다.

넷. 내성, 지나감이 아닌 또 다른 위기

우리의 언어와 인식, 감각을 둘러싼 내성은 '두고 옴'이 아니라, '(이미) 가지고 있음'을 가리킨다. 그런데 이것은 교감과 연대적 흐름을 통해 횡에서 종으로, 높은 곳에서 낮은 곳으로, 따뜻한 것에서 차가운 것으로 향하며 나누어지는 게 아니라, 오로지 해당 개체에만 머물러 있는 개별적인 단위이다. 이는 황량하게 펼쳐진 "사막화"(「안구건조증」)가 진행되고 있는, 혹독한 환경에서만 유용한 생존 방식이며, 각자의 안위와 생존만을 합당한 명분으로 내세운 반反생명적인 방식이자, 폐쇄적인 습성이라 하겠다. 이는, 이용임이 시적으로 언설한 "한순간 생의 모든 물기를 바친 자"의 그것과는 정반대의 습성인 것이다. 그의 시에서 물처럼 심장을 쏟고, 모든 생의 물기를 바치는 것은 생명으로서 지닌 온기와 그 본연의 힘을 외부로 방출하는 것이며, 공감과 연대를 위한 생명, 혹은 인간다운 가능성으로 발을 내딛고자 하는 윤리적인 방식이라 하겠다.

'푸른 피'라도 피는 마땅히 '피'로 읽어 내려가야 한다. 이용임의 시는 낯설도록 푸르지만, 그렇다고 하여 피의 습성마저 완전히 바뀌어버린 것은 아니다. 여전히 숨을 쉬게 하고, 주어진 생명으로서 마땅히 누려야 할 힘을 쌓게 하고, 그렇게 앞으로의 삶을 살아가게 하는 원천이 바로 '피'인 것이다. '피'는 생명이라면 지니고 있어야 하는 힘이며, 존재 그 자체를 가리킬 수도 있다. 그것은 비릿한 습기를 머금고 있으며, 이는 눈물, 슬픔, 고통, 연민, 그리고 시에서도 공통적으로 엿볼 수 있는 습성이기도 하다. 앞서 처음에 시가 연안에서 태동했다고 말한 것은, 시 또한 생명, 인간다움과 서로 닮았기 때문이다. 그런데 그 피가 갑자기 흘러내렸다는 것은 무엇을 뜻할까. '흘러내리는 피'는 어딘가 상처를 입었다는 증거가 될 것이며, 바라보는 시각에 따라서는 생명과 인간다움이 처한 급박한 위기로도 읽어낼 수 있는 여지 또한 남긴다. 마지막으로 시를 인용한다.

다시, 사월이고
꽃들이 저녁으로 저물고 있네

언제부터 꽃들은
저렇게 가볍게 웃으며 죽어가는지

하얀 발목에 걸린 운동화가
경쾌하게 파닥이며 나무와 그늘 사이로
숨고

습기를 머금은 이름이 잊어버린 이름이
정원의 구석마다 돋는다

봄은 소풍 가기 좋은 계절
푸르고 검은 환시의 시간

자 우리는 김밥을 싸자

—「다시,」 부분

시집의 가장 마지막 시이다. 그런데 왜 '다시'라는 제
목이 붙었을까. '다시'라는 말에는 중의적인 의미가 있

다. 행복한 시절을 '다시' 떠올릴 수도 있지만, 그와는 반대로 참혹했던 고통의 순간이 '다시' 떠오를 수도 있다. 기교가 거의 드러나지 않아 보이는 위 시는 시집의 가장 마지막에 실린 시이면서, 중력의 영향으로 가장 무겁고 깊숙이 가라앉아 있기도 하다. 또한 그것과 동시에 '그때'의 4월을 참혹하게 할퀴었던 고통이 '다시' 떠오르는 지금 이 순간이 한편으로는 다행스럽지만, 또 다른 한편으로는 가히 공포스럽다. 왜냐하면 그 고통에 서서히 둔감해진 내성의 무서운 습성을 이제야 마주했기 때문이다. 시집을 덮자, 멈췄던 피가 다시 흘러내린다. 이상하도록 쉽게 아물지 못한 상처를 낯설게 들여다보는 이 순간이 낯설다. 그렇다. 어쩌면 그저 다시, '떠올리는' 게 아닐지도 모른다. 이 상처는 '떠오른' 것이다. 내성 이후에 찾아온 평온함에 기대는 이상, 무겁게 가라앉은 누군가의 고통에 둔감해져버린 이상, 반드시 '다시', 위기다.

시는 휴일도 없이

2020년 3월 26일 1판 1쇄 펴냄

지은이   이용임
펴낸이   김성규
책임편집   김은경
디자인   김동선
펴낸곳   걷는사람
주소   서울 마포구 월드컵로16길 51 서교자이빌 304호
전화   02 323 2602
팩스   02 323 2603
등록   2016년 11월 18일 제25100-2016-000083호

ISBN 979-11-89128-93-7   04810
ISBN 979-11-89128-01-2   (세트)